UM MÉDICO RURAL

Obras de Franz Kafka:

Descrição de uma luta (1904)
Preparativos para um casamento no campo (1907)
Contemplação (1912)
O desaparecido (ex America) (1912)
O foguista (1912)
O veredicto (1912)
A metamorfose (1912)
O processo (1914)
Na colônia penal (1914)
Narrativas do espólio [coletânea elaborada por Modesto Carone] (1914-24)
Carta ao pai (1919)
Um médico rural (1919)
O castelo (1922)
Um artista da fome (1922-24)
A construção (1923)

A Companhia das Letras iniciou, em 1997, a publicação das obras completas de Franz Kafka, com tradução de Modesto Carone.

FRANZ KAFKA

UM MÉDICO RURAL

Pequenas narrativas

Tradução e posfácio:
MODESTO CARONE

8ª reimpressão

COMPANHIA DAS LETRAS

Copyright tradução, posfácio e notas © 1990, 1999
by Modesto Carone

Título original:
Ein Landarzt. Kleine Erzählungen

Capa:
Hélio de Almeida
sobre desenho de
Amílcar de Castro

Preparação:
Denise Pegorim

Revisão:
Beatriz de Freitas Moreira
Ana Maria Barbosa

Dados Internacionais de Catalogação na Publicação (CIP)
(Câmara Brasileira do Livro, SP, Brasil)

Kafka, Franz, 1883-1924.
  Um médico rural : pequenas narrativas / Franz
Kafka ; tradução e posfácio Modesto Carone. — 1ª ed. —
São Paulo : Companhia das Letras, 1999.

  Título original: Ein Landarzt
  ISBN 978-85-7164-891-3

  1. Ficção alemã I. Carone, Modesto, 1937 - II. Título.

99-1597   CDD-833

Índice para catálogo sistemático:
1. Ficção : Literatura alemã 833

<u>2021</u>

Todos os direitos desta edição reservados à
EDITORA SCHWARCZ S.A.
Rua Bandeira Paulista, 702, cj. 32
04532-002 — São Paulo — SP
Telefone: (11) 3707-3500
www.companhiadasletras.com.br
www.blogdacompanhia.com.br
facebook.com/companhiadasletras
instagram.com/companhiadasletras
twitter.com/cialetras

A meu Pai

ÍNDICE

UM MÉDICO RURAL

O NOVO ADVOGADO

Temos um novo advogado, o dr. Bucéfalo. Seu exterior lembra pouco o tempo em que ainda era o cavalo de batalha de Alexandre da Macedônia. Seja como for, quem está familiarizado com as circunstâncias percebe alguma coisa. Não obstante, faz pouco eu vi na escadaria até um oficial de justiça muito simples admirar, com o olhar perito do pequeno freqüentador habitual das corridas de cavalos, o advogado quando este, empinando as coxas, subia um a um os degraus com um passo que ressoava no mármore. Em geral a ordem dos advogados aprova a admissão de Bucéfalo. Com espantosa perspicácia diz-se que, no ordenamento social de hoje, Bucéfalo está em uma situação difícil e que, tanto por isso como também por causa do seu significado na história universal, ele de qualquer modo merece boa vontade. Hoje — isso ninguém pode negar — não existe nenhum grande Alexandre. É verdade que muitos sabem matar; também não falta habilidade para atingir o amigo com a lança sobre a mesa do banquete; e para muitos a Macedônia é estreita demais, a ponto de amaldiçoarem Filipe, o

11

pai — mas ninguém, ninguém, sabe guiar até a Índia. Já naquela época as portas da Índia eram inalcançáveis, mas a direção delas estava assinalada pela espada do rei. Hoje as portas estão deslocadas para um lugar completamente diferente, mais longe e mais alto; ninguém mostra a direção; muitos seguram espadas, mas só para brandi-las; e o olhar que quer segui-las se confunde.

Talvez por isso o melhor realmente seja, como Bucéfalo fez, mergulhar nos códigos. Livre, sem a pressão do lombo do cavaleiro nos flancos, sob a lâmpada silenciosa, distante do fragor da batalha de Alexandre, ele lê e vira as folhas dos nossos velhos livros.

UM MÉDICO RURAL

Eu estava num grande aperto: tinha diante de mim uma viagem urgente; um doente grave me esperava numa aldeia a dez milhas de distância; forte nevasca enchia o vasto espaço entre mim e ele; eu dispunha de um veículo leve, de rodas grandes, exatamente como convém às nossas estradas do campo; envolto em peles, a valise de instrumentos na mão, já estava no pátio pronto para a viagem; mas faltava o cavalo, o cavalo. O meu tinha morrido na última noite extenuado pelo excesso de esforço naquele inverno gelado; minha criada corria agora pela aldeia tentando emprestar um; mas não havia perspectiva, eu o sabia, e cada vez mais coberto de neve, cada vez mais imobilizado, eu permanecia ali, inútil. A moça apareceu sozinha no portão do pátio e balançou a lanterna: naturalmente, quem empresta agora o seu cavalo para uma viagem dessas? Percorri o pátio mais uma vez; não via nenhuma possibilidade; distraído, atormentado, bati com o pé na frágil porta da pocilga que já não era usada fazia anos. Ela se abriu, foi e voltou estalando nos gonzos. Veio de dentro um bafo quente e um cheiro como que de cavalos.

Uma fosca lanterna de curral oscilava pendente de uma corda. Um homem acocorado no cômodo baixo mostrou o rosto aberto e de olhos azuis.

— Devo atrelar? — perguntou, rastejando de quatro para fora.

Eu não soube o que dizer e me inclinei só para ver o que ainda havia na pocilga. A criada estava ao meu lado.

— A gente não sabe as coisas que tem armazenadas na própria casa — disse ela e nós dois rimos.

— Olá irmão, olá irmã! — bradou o cavalariço e dois cavalos, possantes animais de flancos fortes, as pernas coladas ao corpo, baixando as cabeças bem formadas como se fossem camelos, saíram um atrás do outro, impelidos só pela força dos movimentos do tronco, através da abertura da porta que eles ocupavam por completo.

Mas logo ficaram em pé, altos sobre as pernas, o corpo soltando um vapor denso.

— Ajude-o — eu disse e a moça solícita se apressou em entregar os arreios do carro ao rapaz da estrebaria.

Mal ela estava perto no entanto ele a agarra e comprime o rosto no dela. A jovem dá um grito e se refugia em mim; duas fileiras de dentes estão impressas em vermelho na maçã do seu rosto.

— Animal! — grito furioso. — Você quer o chicote?

Mas logo me lembro que ele é um estranho, que não sei de onde vem e que me ajuda espontaneamente onde todos os outros falham. Como se conhecesse meus pensamentos, ele não leva a mal minha ameaça,

14

mas apenas se volta para mim, sempre lidando com os cavalos.

— Suba — diz ele.

Efetivamente está tudo pronto. Noto que nunca viajei com uma parelha tão bonita e subo contente.

— Quem dirige sou eu, você não sabe o caminho — eu digo.

— Sem dúvida — diz ele. — Mas eu não vou, fico aqui com Rosa.

— Não! — grita Rosa e corre para a casa com o correto pressentimento da inevitabilidade do seu destino.

Ouço retinir a corrente que ela põe na porta; escuto a lingüeta entrar na fechadura; além disso vejo-a apagar na corrida todas as luzes do vestíbulo e dos quartos que atravessa com o intuito de impedir que seja encontrada.

— Você vai junto — digo ao cavalariço — ou então desisto de viajar, por mais urgente que seja. Não cogito em entregar a moça como preço pela viagem.

— Em frente! — diz ele.

Bate palmas; o veículo é arrastado como madeira na correnteza; ainda ouço quando a porta da minha casa estrala e se espatifa ao assalto do cavalariço, depois olhos e ouvidos são tomados por um zunido que penetra uniformemente todos os meus sentidos. Mas por um instante apenas, pois como se diante do portão do pátio se abrisse o pátio do meu doente, já estou lá; os cavalos estão quietos; a neve parou de cair; o luar em volta; os pais do doente saem correndo da casa, a irmã dele atrás; quase me arrancam do carro; não cap-

15

to nada das falas confusas; no quarto do doente o ar é quase irrespirável; negligenciada, a estufa fumega; vou abrir a janela, mas primeiro quero ver o doente. Magro, sem febre, nem frio nem quente, os olhos vazios, sem camisa, o jovem se ergue de debaixo do acolchoado, pendura-se no meu pescoço, cochicha-me no ouvido:

— Doutor, deixe-me morrer.

Olho em torno; ninguém escutou; os pais mudos estão inclinados para a frente e aguardam o meu veredicto; a irmã trouxe uma cadeira para a minha valise. Abro-a e remexo nos instrumentos; da cama o jovem tateia sem cessar na minha direção para me lembrar dos seus apelos; apanho uma pinça, examino-a à luz da vela e ponho-a de volta no lugar.

— Sim — penso, blasfemando —, em casos como este os deuses ajudam, enviam o cavalo que falta, em vista da pressa acrescentam um segundo, de quebra ainda dão de presente o cavalariço.

Só agora Rosa me vem outra vez à mente; o que vou fazer, como vou salvá-la, tirá-la das garras desse cavalariço, a dez milhas de distância, os cavalos incontroláveis na frente do meu carro? Esses cavalos que agora de algum modo afrouxaram as correias; que não sei como escancararam as janelas pelo lado de fora; que enfiam cada qual a cabeça por uma janela e sem se perturbarem com a gritaria da família contemplam o doente.

— Vou voltar imediatamente — penso, como se os cavalos me convidassem a viajar; mas permito que a irmã, que imagina que estou anestesiado pelo calor, me tire o casaco de pele.

16

Preparam um copo de rum para mim, o velho me dá um tapinha no ombro, essa familiaridade se justifica por ele me haver confiado o seu tesouro. Sacudo a cabeça; eu me sentiria mal no estreito mundo do velho; só por esse motivo me recuso a beber. A mãe está em pé ao lado da cama e me atrai com um sinal; eu atendo e, enquanto um cavalo relincha forte para o teto, coloco a cabeça no peito do jovem, que se arrepia ao toque da minha barba úmida. Confirma-se o que sei: o rapaz está são, a circulação do sangue funciona um pouco mal, ele está encharcado de café dado pela mãe ansiosa, mas são: o melhor seria tirá-lo com um tranco da cama. Não sou reformador do mundo, por isso deixo-o deitado. Sou médico contratado pelo distrito e cumpro o meu dever até o limite, até o ponto em que isso quase se torna um excesso. Mal pago, sou no entanto generoso e solícito em relação aos pobres. Tenho ainda de cuidar de Rosa, além disso o jovem pode estar com a razão e também eu quero morrer. O que estou fazendo aqui neste inverno interminável? Meu cavalo morreu e na aldeia não há ninguém que me empreste o seu. Preciso tirar minha parelha da pocilga; se por acaso não fossem cavalos eu teria de viajar puxado por porcas. Assim é. E aceno com a cabeça para a família. Eles não sabem de nada e se soubessem não acreditariam. Escrever receitas é fácil, mas entender-se no resto com as pessoas é difícil. Bem, minha visita estaria terminada aqui, outra vez me chamaram sem necessidade, estou acostumado com isso, o distrito inteiro me martiriza valendo-se da sineta para os chamados à noite; mas que desta vez eu ainda tivesse de sacrificar Rosa, essa bela moça que durante anos viveu na minha casa quase sem que eu a percebesse — esse sacrifício é grande demais e preciso de algum modo fazer com que isso entre na minha cabeça por meio de sofismas, a fim de não partir correndo para cima dessa família que nem com a melhor boa vontade pode me devolver Rosa. Mas quando fecho a valise e aceno pedindo o meu casaco de pele, a família está reunida, o pai cheirando o copo de rum que tem na mão, a mãe, provavelmente decepcionada comigo — mas o que é que as pessoas esperam? —, mordendo os lábios, os olhos cheios de lágrimas, a irmã agitando um lenço empapado de sangue, eu estou de algum modo disposto a admitir, quem sabe, que o jovem talvez esteja de fato doente. Dirijo-me até ele, ele sorri para mim como se eu lhe estivesse levando a mais vigorosa das sopas — ah, agora relincham os dois cavalos; o ruído com certeza deve, ordenado por uma esfera superior, facilitar o exame — e então descubro: sim, o jovem está doente. No seu lado direito, na região dos quadris, abriu-se uma ferida grande como a palma da mão. Cor-de-rosa, em vários matizes, escura no fundo, tornando-se clara nas bordas, delicadamente granulada, com o sangue coagulado de forma irregular, aberta como a boca de uma mina à luz do dia. Assim parece à distância. De perto mostra mais uma complicação. Quem pode olhar para isso sem dar um leve assobio? Vermes da grossura e comprimento do meu dedo mínimo, rosados por natureza e além disso salpicados de sangue, reviram-se para a luz, presos no interior da ferida, com cabecinhas brancas e muitas perninhas. Pobre rapaz,

18

não é possível ajudá-lo. Descobri sua grande ferida; essa flor no seu flanco vai arruiná-lo. A família está feliz, ela me vê em atividade; a irmã o diz à mãe, a mãe ao pai, o pai a algumas visitas que, na ponta dos pés, equilibrando-se de braços estendidos, entram pelo luar da porta aberta.

— Você vai me salvar? — sussurra o jovem soluçando, totalmente ofuscado pela vida na sua ferida. Assim são as pessoas na minha região. Sempre exigindo o impossível do médico. Perderam a antiga fé; o pároco fica sentado em casa desfiando uma a uma as vestes litúrgicas; mas o médico deve dar conta de tudo com sua delicada mão de cirurgião. Bem, como quiserem: não me ofereci; se abusam de mim visando a objetivos sagrados deixo que também isso aconteça comigo; o que mais desejo de melhor, eu, velho médico rural a quem roubaram a criada? E eles vêm, a família e os anciãos da aldeia, e me despem; um coro de escola, professor à frente, está diante da casa e canta uma melodia extremamente simples com a letra:

Dispam-no e ele curará!
E se não curar, matem-no!
É apenas um médico, apenas um médico!

Estou então sem roupa e, os dedos na barba, a cabeça inclinada, olho com tranqüilidade as pessoas. Completamente composto e superior a todos, permaneço assim embora isso não me ajude em nada, pois elas agora me pegam pela cabeça e pelos pés e me carregam para a cama. Colocam-me junto à parede, do lado da ferida. Depois saem todos do quarto; a porta é

19

fechada; o canto emudece; nuvens cobrem a lua; em torno de mim a coberta está quente; as cabeças dos cavalos balançam como sombras nos vãos das janelas.

— Sabe de uma coisa? — ouço dizerem no meu ouvido. — Tenho muito pouca confiança em você. Atiraram-no aqui de algum lugar, você não veio por vontade própria. Em vez de me socorrer, está tornando mais estreito o meu leito de morte. O que eu mais gostaria de fazer seria arrancar os seus olhos.

— Você está certo — digo. — É uma vergonha. Mas eu sou médico. O que devo fazer? Acredite: para mim também não é fácil.

— Devo me contentar com essa desculpa? Ah, certamente que sim. Tenho sempre de me contentar. Vim ao mundo com uma bela ferida; foi esse todo o meu dote.

— Jovem amigo — digo — o seu erro é: você não tem visão das coisas. Eu, que já estive em todos os quartos de doentes, por toda parte, eu lhe digo: sua ferida não é assim tão má. Aberta com dois golpes de machado em ângulo agudo. Muitos oferecem o flanco e quase não ouvem o machado na mata, muito menos que ele se aproxima.

— É realmente assim ou na febre você me engana?

— É realmente assim, aceite a palavra de honra de um médico oficial.

Ele aceitou e ficou em silêncio. Mas já era hora de pensar na minha salvação. Fiéis, os cavalos ainda permaneciam nos seus lugares. Roupas, pele e valise foram rapidamente reunidas; eu não queria perder tempo me vestindo; se os cavalos se apressassem como na

20

viagem da vinda, eu de certo modo saltava desta cama para a minha. Obediente, um cavalo se afastou da janela; atirei a trouxa dentro do veículo; o casaco de pele voou longe demais e ficou preso só por uma manga num gancho. Era o suficiente. Subi de um salto no cavalo. As rédeas deslizando soltas, um cavalo quase desligado do outro, o carro rodando atrás aos trancos, por último a pele arrastando na neve.

— Em frente! — eu disse, mas eles não foram a galope.

Devagar como homens velhos trilhamos o deserto de neve; durante muito tempo soou atrás de nós a canção nova mas equivocada do coro das crianças:

Alegrai-vos, ó pacientes,
O médico foi posto na vossa cama!

Assim nunca vou chegar em casa; meu próspero consultório está perdido; um sucessor me rouba, mas sem proveito, pois não pode me substituir; em minha casa se enfurece o asqueroso cavalariço; Rosa é sua vítima; mas não quero pensar nisso. Nu, exposto à geada desta época desafortunada, com um carro terrestre e cavalos não-terrenos, vou — um velho — vagando. Meu casaco de pele pende atrás da carroça, mas não posso alcançá-lo e ninguém na móvel canalha dos pacientes mexe um dedo. Fui enganado! Enganado! Uma vez atendido o alarme falso da sineta noturna — não há mais o que remediar, nunca mais.

21

NA GALERIA

Se alguma amazona frágil e tísica fosse impelida meses sem interrupção em círculos ao redor do picadeiro sobre o cavalo oscilante diante de um público infatigável pelo diretor de circo impiedoso de chicote na mão, sibilando em cima do cavalo, atirando beijos, equilibrando-se na cintura, e se esse espetáculo prosseguisse pelo futuro que se vai abrindo à frente sempre cinzento sob o bramido incessante da orquestra e dos ventiladores, acompanhado pelo aplauso que se esvai e outra vez se avoluma das mãos que na verdade são martelos a vapor — talvez então um jovem espectador da galeria descesse às pressas a longa escada através de todas as filas, se arrojasse no picadeiro e bradasse o basta! em meio às fanfarras da orquestra sempre pronta a se ajustar às situações.

Mas uma vez que não é assim, uma bela dama em branco e vermelho entra voando por entre as cortinas que os orgulhosos criados de libré abrem diante dela; o diretor, buscando abnegadamente os seus olhos respira voltado para ela numa postura de animal fiel; ergue-a cauteloso sobre o alazão como se fosse a neta amada acima de tudo que parte para uma viagem perigosa; não consegue se decidir a dar o sinal com o chicote; afinal dominando-se ele o dá com um estalo; corre de boca aberta ao lado do cavalo; segue com olhar agudo os saltos da amazona; mal pode entender sua destreza; procura adverti-la com exclamações em inglês; furioso exorta os palafreneiros que seguram os arcos à atenção mais minuciosa; as mãos levantadas, implora à orquestra para que faça silêncio antes do grande salto mortal; finalmente alça a pequena do cavalo trêmulo, beija-a nas duas faces e não considera suficiente nenhuma homenagem do público; enquanto ela própria, sustentada por ele, na ponta dos pés, envolta pela poeira, de braços estendidos, a cabecinha inclinada para trás, quer partilhar sua felicidade com o circo inteiro — uma vez que é assim o espectador da galeria apóia o rosto sobre o parapeito e, afundando na marcha final como num sonho pesado, chora sem o saber.

23

UMA FOLHA ANTIGA

É como se muita coisa tivesse sido negligenciada na defesa da nossa pátria. Até então não havíamos nos importado com isso, entregues como estávamos ao nosso trabalho; mas os acontecimentos dos últimos tempos nos causam preocupações.

Tenho uma oficina de sapateiro na praça em frente ao palácio imperial. Mal abro a porta no crepúsculo da manhã e já vejo ocupadas por homens armados as entradas de todas as ruas que confluem para cá. Mas não são soldados nossos e sim nômades vindos evidentemente do norte. De uma maneira incompreensível para mim eles penetraram até a capital, que no entanto fica muito distante da fronteira. Seja como for já estão aí; parece que a cada manhã se tornam mais numerosos.

Seguindo sua natureza eles acampam a céu aberto, pois abominam as casas. Ocupam-se em afiar as espadas, aguçar as lanças e praticar exercícios a cavalo. Fizeram desta praça tranqüila, mantida sempre escrupulosamente limpa, uma autêntica estrebaria. É verdade que nós tentamos às vezes sair às pressas das nossas lojas para retirar pelo menos o grosso da sujeira, mas isso ocorre com uma freqüência cada vez menor, pois o esforço é inútil e além disso corremos o perigo de cair sob as patas dos cavalos selvagens e de ser feridos pelos chicotes. Com os nômades não se pode falar. Eles não conhecem a nossa língua, na realidade quase não têm um idioma próprio. Entendem-se entre si de um modo semelhante ao das gralhas. Ouve-se sem cessar esse grito de gralhas. Para eles nossa maneira de viver, nossas instituições são tão incompreensíveis quanto indiferentes. Conseqüentemente recusam qualquer linguagem de sinais. Você pode deslocar as mandíbulas e destroncar as mãos que eles não o compreendem nem nunca irão compreender. Muitas vezes fazem caretas; mostram então o branco dos olhos e a baba cresce na boca, mas com isso não querem dizer alguma coisa nem assustar ninguém; fazem-no porque é essa a sua maneira de ser. Aquilo de que precisam eles pegam. Não se pode afirmar que empreguem a violência. Ante a sua intervenção as pessoas se põem de lado e deixam tudo para eles. Também das minhas provisões eles levaram uma boa parte. Mas não posso me queixar quando vejo por exemplo o que acontece ao açougueiro em frente. Mal ele traz as suas mercadorias, tudo já lhe foi tirado e engolido pelos nômades. Os cavalos deles também comem carne; muitas vezes um cavaleiro fica ao lado do seu cavalo e os dois se alimentam da mesma posta de carne, cada qual por uma extremidade. O açougueiro é medroso e não ousa acabar com o fornecimento. Mas nós entendemos o que se passa, recolhemos dinheiro e o ajudamos. Se os nômades não recebessem carne, quem é que sabe o que lhes ocorreria fazer? De qualquer maneira quem é que sabe o que lhes vai ocorrer, ainda que recebam carne diariamente?

Não faz muito o açougueiro pensou que podia ao menos se poupar do esforço do abate e uma manhã trouxe um boi vivo. Isso não deve se repetir. Fiquei bem uma hora estendido no fundo da oficina com todas as roupas, cobertas e almofadas empilhadas em cima de mim para não ouvir os mugidos do boi que os nômades atacavam de todos os lados para arrancar com os dentes pedaços de sua carne quente. Quando me atrevi a sair já fazia silêncio há muito tempo; como bêbados em torno de um barril de vinho eles estavam deitados mortos de cansaço em torno dos restos do boi.

Justamente nessa época acreditei ter visto o imperador em pessoa numa janela do palácio; em geral ele nunca vem a esses aposentos externos, vive sempre no mais interno dos jardins; mas desta vez, pelo menos assim me pareceu, ele estava em pé junto a uma das janelas olhando de cabeça baixa o movimento diante do seu castelo.

— O que irá acontecer? — todos nós nos perguntamos. — Quanto tempo vamos suportar esse peso e tormento? O palácio imperial atraiu os nômades mas não é capaz de expulsá-los. Os portões permanecem fechados; a guarda, que antes entrava e saía marchando festivamente, mantém-se atrás de janelas gradeadas. A nós, artesãos e comerciantes, foi confiada a salvação da pátria; mas não estamos à altura de uma tarefa dessas, nem jamais nos vangloriamos de estar. É um equívoco e por causa dele vamos nos arruinar.

DIANTE DA LEI

Diante da lei está um porteiro. Um homem do campo chega a esse porteiro e pede para entrar na lei. Mas o porteiro diz que agora não pode permitir-lhe a entrada. O homem do campo reflete e depois pergunta se então não pode entrar mais tarde.

— É possível — diz o porteiro. — Mas agora não.

Uma vez que a porta da lei continua como sempre aberta e o porteiro se põe de lado o homem se inclina para olhar o interior através da porta. Quando nota isso o porteiro ri e diz:

— Se o atrai tanto, tente entrar apesar da minha proibição. Mas veja bem: eu sou poderoso. E sou apenas o último dos porteiros. De sala para sala porém existem porteiros cada um mais poderoso que o outro. Nem mesmo eu posso suportar a simples visão do terceiro.

O homem do campo não esperava tais dificuldades: a lei deve ser acessível a todos e a qualquer hora, pensa ele; agora, no entanto, ao examinar mais de perto o porteiro, com o seu casaco de pele, o grande nariz pontudo, a longa barba tártara, rala e preta, ele decide que é melhor aguardar até receber a permissão de entrada. O porteiro lhe dá um banquinho e deixa-o sentar-se ao lado da porta. Ali fica sentado dias e anos. Ele faz muitas tentativas para ser admitido e cansa o porteiro com os seus pedidos. Às vezes o porteiro submete o homem a pequenos interrogatórios, pergunta-lhe a respeito da sua terra natal e de muitas outras coisas, mas são perguntas indiferentes, como as que os grandes senhores fazem, e para concluir repete-lhe sempre que ainda não pode deixá-lo entrar. O homem, que havia se equipado com muitas coisas para a viagem, emprega tudo, por mais valioso que seja, para subornar o porteiro. Com efeito, este aceita tudo, mas sempre dizendo:

— Eu só aceito para você não julgar que deixou de fazer alguma coisa.

Durante todos esses anos o homem observa o porteiro quase sem interrupção. Esquece os outros porteiros e este primeiro parece-lhe o único obstáculo para a entrada na lei. Nos primeiros anos amaldiçoa em voz alta e desconsiderada o acaso infeliz; mais tarde, quando envelhece, apenas resmunga consigo mesmo. Torna-se infantil e uma vez que, por estudar o porteiro anos a fio, ficou conhecendo até as pulgas da sua gola de pele, pede a estas que o ajudem a fazê-lo mudar de opinião. Finalmente sua vista enfraquece e ele não sabe se de fato está ficando mais escuro em torno ou se apenas os olhos o enganam. Não obstante reconhece agora no escuro um brilho que irrompe inextinguível da porta da lei. Mas já não tem mais muito tempo de vida. Antes de morrer, todas as experiências daquele tempo convergem na sua cabeça para uma pergunta que até então não havia feito ao porteiro. Faz-lhe um aceno para que se aproxime, pois não pode mais endireitar o corpo enrijecido. O porteiro precisa curvar-se profundamente até ele, já que a diferença de altura mudou muito em detrimento do homem:

— O que é que você ainda quer saber? — pergunta o porteiro. — Você é insaciável.

— Todos aspiram à lei — diz o homem. — Como se explica que em tantos anos ninguém além de mim pediu para entrar?

O porteiro percebe que o homem já está no fim e para ainda alcançar sua audição em declínio ele berra:

— Aqui ninguém mais podia ser admitido, pois esta entrada estava destinada só a você. Agora eu vou embora e fecho-a.

CHACAIS E ÁRABES

Estávamos acampados no oásis. Os companheiros dormiam. O vulto alto e branco de um árabe passou por mim; ele tinha cuidado dos camelos e caminhava até o lugar onde dormia.

Lancei-me de costas na relva; queria dormir; não conseguia; o uivo lamentoso de um chacal à distância; sentei-me outra vez. E o que estivera tão longe estava de repente perto. Chacais fervilhavam em torno de mim: olhos de ouro fosco brilhando e se extinguindo, corpos esguios como que movidos em ritmo regular e lépido por um chicote.

Um deles veio lá de trás, abriu caminho sob o meu braço, colado a mim como se necessitasse do meu calor, depois ficou à minha frente e, olho no olho, me falou:

— Sou o mais velho dos chacais em toda a redondeza. Estou contente em poder saudá-lo ainda aqui. Já tinha quase perdido a esperança, pois esperamos por você um tempo infindável; minha mãe esperou, a mãe dela esperou e assim todas as mães, até chegar à mãe de todos os chacais. Acredite em mim.

— Isso me deixa admirado — disse eu, esquecendo de acender a pilha de lenha que estava preparada para manter com a sua fumaça os chacais à distância. — Admira-me muito ouvir isso. É só por acaso que venho do norte distante e estou fazendo uma curta viagem. O que vocês querem, chacais?

Como que encorajados por essa fala talvez demasiado amável eles formaram um círculo mais estreito ao meu redor; todos tinham a respiração curta e resfolegante.

— Sabemos que você vem do norte — começou o mais velho — e é nisso que se funda a nossa esperança. Lá existe a capacidade de compreensão que não se pode encontrar aqui entre os árabes. Dessa fria altivez, você sabe, não pode saltar nenhuma centelha de compreensão. Eles matam animais para comê-los e desprezam a carniça.

— Não fale tão alto — disse eu —, há árabes dormindo por perto.

— Você é realmente um estrangeiro — disse o chacal. — Se não fosse, saberia que nunca na história do mundo um chacal teve medo de um árabe. Deveríamos ter medo deles? Não é desgraça suficiente termos sido jogados no meio de um povo como esse?

— Pode ser, pode ser — disse eu —, não me atrevo a julgar coisas que estão tão distantes de mim; parece ser uma disputa muito antiga; seguramente está no sangue e talvez por isso só termine com sangue.

— Você é muito sagaz — disse o velho chacal e todos respiraram mais célere ainda, com os pulmões excitados, embora todos eles estivessem parados; um cheiro amargo, só suportável por momentos com os dentes cerrados, fluía das bocarras abertas. — Você é muito sagaz; o que diz corresponde à nossa velha doutrina. Tiramos-lhes pois o sangue e a disputa acaba.

— Oh — disse eu com mais veemência do que queria — eles irão se defender; irão abatê-los a tiros aos montes com os seus rifles.

— Você nos interpreta mal — disse ele — segundo a maneira dos homens, que persiste também no norte distante. Sem dúvida nós não iremos matá-los. O Nilo não teria água suficiente para nos purificar. Já diante da mera aparição de seus corpos vivos partimos às pressas para um ar mais puro, para o deserto, que por essa razão é o nosso lar.

E todos os chacais em volta, aos quais nesse ínterim haviam se juntado muitos outros vindos de longe, afundaram as cabeças entre as pernas dianteiras, limpando-as com as patas; era como se quisessem ocultar uma antipatia tão terrível que eu teria preferido escapar do seu círculo com um grande salto.

— Então o que vocês pretendem fazer? — perguntei e quis me levantar, mas não pude; dois animais jovens haviam cravado os dentes com firmeza na parte de trás do meu casaco e da minha camisa; tive de permanecer sentado.

— Eles estão segurando a cauda do seu vestido — disse o velho chacal num tom de esclarecimento e seriedade. — É um testemunho de respeito!

— Eles precisam me soltar! — bradei voltado ora para o velho, ora para os jovens chacais.

— É evidente que eles irão fazê-lo — disse o velho

32

chacal — se você o exige. Mas demora um pouco, pois, seguindo o costume, eles morderam fundo e têm que abrir lentamente os dentes. Enquanto isso ouça o nosso pedido.

— O comportamento de vocês não me torna muito receptivo — disse eu.

— Não nos faça pagar por nossa falta de jeito — disse e pela primeira vez recorreu à ajuda do tom lamentoso da sua voz natural. — Somos pobres animais, temos apenas os dentes; para tudo o que queremos fazer, o bem e o mal, só nos restam os dentes.

— O que então você quer? — perguntei apenas um pouco aplacado.

— Senhor — exclamou e todos os chacais uivaram; na distância mais remota parecia ser uma melodia. — Senhor, deve acabar com a disputa que divide o mundo em dois. Nossos antepassados descreveram aquele que irá fazê-lo assim como você é. Precisamos de paz com os árabes, de ar respirável; purificada da presença deles a vista em torno do horizonte; nenhum grito de lamúria de um carneiro que o árabe esfaqueia; todos os animais devem morrer tranqüilamente, bebidos por nós sem transtorno ao ponto de ficarem vazios e limpos até os ossos. Limpeza, nada mais que limpeza é o que nós queremos — e aí todos choraram e soluçaram.

— Como suporta viver neste mundo, ó nobre coração, doces entranhas? A sujeira é o branco deles, a sujeira o seu preto; um horror a sua barba; é preciso cuspir à vista do canto dos seus olhos; e se erguem o braço, o inferno se abre na sua axila. Por isso, senhor, por isso, ó caro senhor, com a ajuda dessas mãos que tudo podem, com a ajuda de suas mãos que tudo podem, corte-lhes de lado a lado os pescoços com esta tesoura!

E acompanhando uma guinada da sua cabeça apareceu um chacal que trazia num dente canino uma pequena tesoura de costura coberta de ferrugem antiga.

— Finalmente a tesoura — e com isto basta! — bradou o chefe árabe da nossa caravana que havia se esgueirado contra o vento até nós e nesse momento brandia seu gigantesco chicote.

Todos os chacais se dispersaram o mais rápido possível, mas ficaram a alguma distância, agachados bem perto uns dos outros — tantos, tão juntos e tão parados que pareciam uma sebe estreita à cuja volta voassem fogos-fátuos.

— Então, senhor, viu e ouviu também esse espetáculo! — disse o árabe e riu com a alegria que a discrição da sua estirpe permitia.

— Você sabe o que os animais querem? — perguntei.

— Naturalmente, senhor — disse ele. — Isso é do conhecimento de todos; enquanto existirem árabes, essa tesoura vai peregrinar pelo deserto e andar conosco até o fim dos nossos dias. Ela é oferecida a todo europeu para realizar a grande obra; todo europeu é justamente aquele que lhes parece convocado para isso. Esses animais têm uma esperança absurda; são loucos, verdadeiros loucos. Por isso nós os amamos; são nossos cães — mais belos que os de vocês. Veja, um camelo morreu durante a noite, mandei que o trouxessem para cá.

Quatro carregadores chegaram e atiraram o pesado cadáver diante de nós. Mal ele jazia ali os chacais levantaram suas vozes. Como que puxados irresistivelmente por cordas, cada um deles veio se aproximando, com paradas no meio do caminho, o corpo rastejando no chão. Tinham esquecido os árabes, esquecido o ódio, fascinava-os a presença do corpo que exalava um cheiro forte e obliterava tudo. Um deles já se pendurava no pescoço e encontrava a jugular com a primeira mordida. Como uma pequena bomba frenética que quer apagar um incêndio poderoso de uma maneira tão absoluta quanto sem perspectiva, cada músculo do seu corpo se estirava e contraía no respectivo lugar. E logo todos se amontoavam sobre o cadáver fazendo o mesmo trabalho.

Então o chefe da caravana vibrou com energia o chicote em todos os sentidos sobre eles. Os chacais ergueram as cabeças, meio ébrios e meio desmaiados; viram os árabes em pé diante deles; começaram então a sentir o chicote com os focinhos; recuaram num salto e correram um trecho para trás. Mas o sangue do camelo já se espalhava em poças e fumegava, o corpo estava escancarado em vários lugares. Não conseguiram resistir; estavam de novo ali; o chefe árabe ergueu outra vez o chicote; segurei seu braço.

— Tem razão — disse ele. — Vamos deixá-los no seu ofício; é hora de levantar acampamento. Você os viu. Animais maravilhosos, não é verdade? E como nos odeiam!

35

UMA VISITA À MINA

Hoje os engenheiros que ocupam altos postos estiveram embaixo conosco. A direção expediu alguma ordem de escavar novas galerias e então os engenheiros vieram realizar as medições preliminares. Como essas pessoas são jovens e no entanto tão diferentes uma da outra! Todas elas se desenvolveram livremente e já nos anos de juventude se mostra desembaraçada sua natureza claramente definida.

Um, de cabelos pretos, vivaz, passa os olhos sobre tudo.

Um segundo, com um caderno de notas, faz anotações andando, olha em volta, compara, registra.

Um terceiro, as mãos nos bolsos do casaco, de tal forma que tudo nele se estica, anda ereto; mantém a dignidade; só no contínuo morder dos lábios se manifesta a juventude impaciente, irreprimível.

Um quarto dá ao terceiro explicações que este não pediu; menor que ele, caminha a seu lado como um agente da tentação; com o dedo indicador sempre no ar parece recitar-lhe uma ladainha sobre tudo o que se pode ver aqui.

Um quinto, talvez o de nível mais alto, não tolera companhia; ora está na frente, ora atrás; o grupo acerta o passo pelo seu; é lívido e fraco; a responsabilidade esvaziou os seus olhos; muitas vezes comprime, ao pensar, a mão na testa.

O sexto e o sétimo andam um pouco vergados, cabeça perto da cabeça, braço no braço, numa conversa confidencial; se aqui não fosse declaradamente nossa mina de carvão e nosso local de trabalho na galeria mais profunda, seria possível acreditar que estes senhores ossudos, sem barba, nariz em forma de tubérculo, são jovens clérigos. A maioria das vezes um deles ri para dentro com um ronronar parecido com o de um gato; o outro, igualmente sorrindo, comanda a conversa e com a mão livre marca um certo compasso. Como esses dois senhores devem estar seguros do seu posto, que créditos já devem ter conquistado em relação à mina apesar da sua juventude, uma vez que numa vistoria tão importante assim eles podem, sob o olhar do chefe, se ocupar de forma tão resoluta de assuntos pessoais ou pelo menos de questões que não estão relacionadas com a tarefa do momento! Ou será possível que apesar de todo o riso e de toda a desatenção eles notam muito bem o que é necessário? Sobre esses senhores a gente mal ousa emitir um juízo definido.

Por outro lado porém é fora de dúvida que o oitavo está incomparavelmente mais atento ao caso do que estes senhores — na verdade, mais do que todos os outros. Ele tem de tocar tudo e — com um pequeno martelo que tira sem parar do bolso e sempre volta a guardar lá — de bater em tudo. Às vezes, a despeito da roupa elegante, ajoelha-se na sujeira e bate com o martelo no chão; depois, enquanto anda, bate nas paredes ou no teto em cima da sua cabeça. Uma vez deitou-se de comprido e ali ficou, quieto; já pensávamos que tinha acontecido um infortúnio; mas aí ele ficou em pé de um salto, com um breve estremecimento do corpo esbelto. Tinha portanto apenas feito mais uma verificação. Cremos conhecer nossa mina e suas pedras, mas o que esse engenheiro sem parar examina aqui dessa forma é incompreensível para nós.

Um nono empurra uma espécie de carrinho de bebê no qual se encontram os aparelhos de medição. Aparelhos extremamente preciosos, assentados fundo no algodão mais delicado. Na verdade quem devia empurrar o carrinho era o servente, mas isso não lhe é confiado, precisou vir um engenheiro e ele o empurra com prazer, como se vê. É certamente o mais jovem deles, talvez ainda não entenda todos os aparelhos, mas seu olhar pousa continuamente neles e desse modo corre muitas vezes o perigo de bater numa parede com o carrinho.

Mas existe um outro engenheiro que caminha ao lado do carrinho e impede que isso aconteça. É evidente que este entende a fundo dos aparelhos, parecendo ser seu verdadeiro guardião. De tempos em tempos ele retira uma peça dos aparelhos sem deter o carrinho, olha por dentro dela, parafusa ou desparafusa, sacode e bate, segura junto ao ouvido e escuta; finalmente, enquanto na maioria das vezes o condutor do carrinho fica parado, ele recoloca no lugar com todo o cuidado a pequena coisa quase invisível à distância.

Esse engenheiro é um pouco autoritário, mas só em nome dos aparelhos. Dez passos antes de chegar o carrinho já devemos nos esquivar a um silencioso sinal de dedo, mesmo que não haja lugar para onde se desviar. Atrás desses dois senhores anda o desocupado servente. Como é natural para os que possuem um saber tão grande, faz muito tempo que os senhores se desfizeram de toda a arrogância, mas ao contrário deles o servente parece tê-la reunido na sua pessoa. Com uma mão nas costas, a outra na frente, alisando seus botões dourados ou o fino tecido do seu casaco de libré, ele às vezes acena com a cabeça para a direita e para a esquerda, como se nós tivéssemos cumprimentado e ele respondesse, ou então como se ele assumisse que tivéssemos cumprimentado mas ele, das suas alturas, não pudesse constatar. Naturalmente nós não o cumprimentamos, mas ao vê-lo, quase se poderia crer que é algo prodigioso ser servente do escritório da direção da mina. Seja como for, rimos nas suas costas, mas uma vez que nem mesmo um raio poderia fazer com que se voltasse para nós, ele continua sendo algo incompreensível no espaço da nossa estima.

Hoje não se vai trabalhar muito mais; a interrupção foi muito generosa; uma visita dessas leva embora qualquer idéia de trabalhar. É tentador demais acompanhar, com a vista, os senhores no escuro da galeria experimental onde eles todos sumiram. O nosso turno de trabalho também chega logo ao fim; não vamos mais assistir à volta dos senhores.

A PRÓXIMA ALDEIA

Meu avô costumava dizer: "A vida é espantosamente curta. Para mim ela agora se contrai tanto na lembrança que eu por exemplo quase não compreendo como um jovem pode resolver ir a cavalo à próxima aldeia sem temer que — totalmente descontados os incidentes desditosos — até o tempo de uma vida comum que transcorre feliz não seja nem de longe suficiente para uma cavalgada como essa".

UMA MENSAGEM IMPERIAL

O imperador — assim consta — enviou a você, o só, o súdito lastimável, a minúscula sombra refugiada na mais remota distância diante do sol imperial, exatamente a você o imperador enviou do leito de morte uma mensagem. Fez o mensageiro se ajoelhar ao pé da cama e segredou-lhe a mensagem no ouvido; estava tão empenhado nela que o mandou ainda repeti-la no seu próprio ouvido. Com um aceno de cabeça confirmou a exatidão do que tinha sido dito. E perante todos os que assistem à sua morte — todas as paredes que impedem a vista foram derrubadas e nas amplas escadarias que se lançam ao alto os grandes do reino formam um círculo —, perante todos eles o imperador despachou o mensageiro. Este se pôs imediatamente em marcha; é um homem robusto, infatigável; estendendo ora um, ora o outro braço, ele abre caminho na multidão; quando encontra resistência aponta para o peito onde está o símbolo do sol; avança fácil como nenhum outro. Mas a multidão é tão grande, suas moradas não têm fim. Fosse um campo livre que se abrisse, como ele voaria! — e certamente você logo ouviria a esplêndida batida dos seus punhos na porta. Ao invés disso porém — como são vãos os seus esforços; continua sempre forçando a passagem pelos aposentos do palácio mais interno; nunca irá ultrapassá-los; e se o conseguisse nada estaria ganho: teria de percorrer os pátios de ponta a ponta e depois dos pátios o segundo palácio que os circunda; e outra vez escadas e pátios; e novamente um palácio; e assim por diante, durante milênios; e se afinal ele se precipitasse do mais externo dos portões — mas isso não pode acontecer jamais, jamais — só então ele teria diante de si a cidade-sede, o centro do mundo, repleto da própria borra amontoada. Aqui ninguém penetra; muito menos com a mensagem de um morto. — Você no entanto está sentado junto à janela e sonha com ela quando a noite chega.

A PREOCUPAÇÃO DO
PAI DE FAMÍLIA*

Alguns dizem que a palavra Ódradek deriva do eslavo e com base nisso procuram demonstrar a formação dela. Outros por sua vez entendem que deriva do alemão, tendo sido apenas influenciada pelo eslavo. Mas a incerteza das duas interpretações permite concluir, sem dúvida com justiça, que nenhuma delas procede, sobretudo porque não se pode descobrir através de nenhuma um sentido para a palavra. Naturalmente ninguém se ocuparia de estudos como esses se de fato não existisse um ser que se chama Odradek. À primeira vista ele tem o aspecto de um carretel de linha achatado e em forma de estrela, e com efeito parece também revestido de fios; de qualquer modo devem ser só pedaços de linha rebentados, velhos, atados uns aos outros, além de emaranhados e de tipo e cor os mais diversos. Não é contudo apenas um carretel, pois do centro da estrela sai uma varetinha e nela se encaixa depois uma outra, em ângulo reto. Com

(*) Esta tradução foi beneficiada tanto por soluções encontradas por Roberto Schwarz, quanto pela original interpretação que deu a este texto. V. *O pai de família e outros estudos*, Paz e Terra, 1979, p. 21 e ss.

43

a ajuda desta última vareta de um lado e de um dos raios da estrela do outro, o conjunto é capaz de permanecer em pé como se estivesse sobre duas pernas.

Alguém poderia ficar tentado a acreditar que essa construção teria tido anteriormente alguma forma útil e que agora ela está apenas quebrada. Mas não parece ser este o caso; pelo menos não se encontra nenhum indício nesse sentido; em parte alguma podem ser vistas emendas ou rupturas assinalando algo dessa natureza; o todo na verdade se apresenta sem sentido, mas completo à sua maneira. Aliás não é possível dizer nada mais preciso a esse respeito, já que Odradek é extraordinariamente móvel e não se deixa capturar.

Ele se detém alternadamente no sótão, na escadaria, nos corredores, no vestíbulo. Às vezes fica meses sem ser visto; com certeza mudou-se então para outras casas; depois porém volta infalivelmente à nossa casa. Às vezes, quando se sai pela porta e ele está inclinado sobre o corrimão logo embaixo, tem-se vontade de interpelá-lo. É natural que não se façam perguntas difíceis, mas sim que ele seja tratado — já o seu minúsculo tamanho induz a isso — como uma criança. "Como você se chama?", pergunta-se a ele. "Odradek", ele responde. "E onde você mora?" "Domicílio incerto", diz e ri; mas é um riso como só se pode emitir sem pulmões. Soa talvez como o farfalhar de folhas caídas. Em geral com isso a conversa termina. Aliás mesmo essas respostas nem sempre podem ser obtidas; muitas vezes ele se conserva mudo por muito tempo como a madeira que parece ser.

Inutilmente eu me pergunto o que vai acontecer

com ele. Será que pode morrer? Tudo o que morre teve antes uma espécie de meta, um tipo de atividade e nela se desgastou; não é assim com Odradek. Será então que a seu tempo ele ainda irá rolar escada abaixo diante dos pés dos meus filhos e dos filhos dos meus filhos, arrastando atrás de si os fios do carretel? Evidentemente ele não prejudica ninguém, mas a idéia de que ainda por cima ele deva me sobreviver me é quase dolorosa.

ONZE FILHOS

Tenho onze filhos.

O primeiro é exteriormente muito pouco apresentável, mas sério e sagaz; apesar disso — se bem que como filho eu o ame como a todos os outros — não o tenho em alta estima. Sua maneira de pensar me parece simples demais. Não olha nem à direita, nem à esquerda, nem à distância; corre sem cessar em torno do seu pequeno círculo de idéias, ou antes: fica girando.

O segundo é bonito, esbelto, bem constituído; encanta vê-lo na postura de esgrimista. Também ele é esperto, mas além disso tem experiência do mundo; viu muita coisa e por esse motivo até a natureza da terra natal parece falar com ele mais confiante do que com os que nela permaneceram. Certamente porém essa vantagem não se deve apenas e nem mesmo em essência às viagens; ela faz parte, antes, do que há de inimitável neste filho, o que é reconhecido, por exemplo, por qualquer um que queira imitar seu salto de trampolim com múltiplas cambalhotas e no entanto um domínio francamente selvagem. Até a borda do trampolim bastam a coragem e a vontade, mas ali, ao invés

46

de saltar, o imitador de repente pára e ergue os braços se desculpando. E a despeito disso tudo (na realidade eu deveria estar feliz com um filho assim) minha relação com ele não é desanuviada. Seu olho esquerdo é um pouco menor que o direito e pisca muito; sem dúvida apenas um pequeno defeito que torna o seu rosto até mais atrevido do que seria de outra forma e ninguém, diante do acabamento inimitável do seu ser, notaria com censura esse olho menor que fica piscando. Eu, o pai, faço isso. Naturalmente não é esse defeito físico que me dói, mas uma pequena irregularidade do seu espírito que de algum modo lhe é correspondente, algum veneno que corre erradio no seu sangue, alguma incapacidade de tornar perfeita a disposição da sua vida, que só é visível para mim. Seja como for é justamente isso que, por seu turno, o faz meu verdadeiro filho, pois esse seu defeito é ao mesmo tempo o defeito de toda a nossa família e neste filho apenas nítido demais.

O terceiro filho é igualmente bonito, mas não é a beleza que me agrada. É a beleza do cantor: a boca sinuosa; o olho sonhador; a cabeça que para produzir efeito tem necessidade de um panejamento por trás; o peito que se empina desmedidamente; as mãos que se alçam fáceis e baixam com demasiada facilidade; as pernas que se fazem de rogadas porque não sabem transportar. E além disso: o som da sua voz não é cheio; por um instante engana; faz o conhecedor escutar com atenção; mas logo em seguida perde o fôlego. Apesar disso, em geral tudo induz a exibir esse filho, mas eu o mantenho de preferência escondido; ele mesmo não insiste em se mostrar, não acaso porque conheça suas limitações, mas por inocência. Sente-se também estranho no nosso tempo; como se em verdade pertencesse à minha família, mas além disso a uma outra, perdida para sempre, está freqüentemente desgostoso e nada pode animá-lo.

Meu quarto filho talvez seja o mais sociável de todos. Verdadeiro filho do seu tempo, faz-se compreender por qualquer um, pisa no solo comum a todos e todos ficam tentados a acenar-lhe com a cabeça em sinal de assentimento. Talvez através desse reconhecimento geral o seu ser ganhe algo de leve, os seus movimentos algo de livre, os seus julgamentos algo de despreocupado. As pessoas gostariam de repetir com freqüência alguns dos seus ditos, seja como for apenas alguns, pois no conjunto ele sofre de uma leveza grande demais. É como alguém que salta admiravelmente, corta o ar como uma andorinha, mas depois termina desamparadamente na poeira deserta, um nada. Tais pensamentos tornam-me amarga a visão desse filho.

O quinto filho é simpático e bom; prometia muito menos do que cumpriu; era tão insignificante que as pessoas se sentiam literalmente sós na sua presença; mas ele conseguiu alguma consideração. Se me perguntassem como isso aconteceu eu mal poderia responder. Talvez a inocência penetre com mais facilidade através da fúria dos elementos neste mundo, e ele é inocente. Quem sabe inocente demais. Amável com todo mundo. Talvez amável demais. Confesso: não me sinto bem quando o elogiam diante de mim. Significa, sem dúvida, tornar o elogio algo fácil demais quando se elogia alguém tão abertamente digno de elogio, como é o meu filho.

Meu sexto filho parece, pelo menos à primeira vista, o mais pensativo de todos. Cabisbaixo e no entanto palrador. Por isso, o contato com ele não é fácil. Se está em situação de inferioridade, cai numa tristeza invencível; se consegue a preponderância então ele a conserva pela tagarelice. Mas não lhe nego uma certa paixão esquecida de si mesma; à luz do dia ele se debate com o pensamento como se estivesse num sonho. Sem ser doente — tem antes uma saúde muito boa — às vezes cambaleia, sobretudo no crepúsculo, mas não precisa de ajuda, não cai. Talvez a culpa desse fenômeno seja o seu desenvolvimento físico, ele é grande demais para a sua idade. No conjunto isso o enfeia, apesar dos pormenores belos que chamam a atenção, como por exemplo as mãos e os pés. De resto sua testa também não é bonita; tanto na pele quanto na constituição óssea ela é de algum modo mirrada.

O sétimo filho talvez me pertença mais que todos os outros. O mundo não sabe apreciá-lo; não entende o tipo especial da sua graça. Eu não o superestimo; sei que ele é suficientemente desimportante; se o mundo não tivesse nenhum outro defeito senão o de não saber apreciá-lo, ainda assim seria sem mácula. Mas dentro da família eu não queria prescindir deste filho. Frente à tradição ele traz tanto intranqüilidade quanto respeito e, pelo menos para o meu modo de sentir, funde ambos num todo incontestável. De qualquer modo ele é o que menos sabe o que fazer com esse todo; não vai pôr em movimento a roda do futuro; mas essa sua disposição é tão estimulante, tão rica de esperança: eu queria que ele tivesse filhos e estes por sua vez outros filhos. Infelizmente esse desejo não parece querer se realizar. Numa auto-suficiência na verdade compreensível, mas igualmente indesejada, que de qualquer forma está em esplêndida contradição com o julgamento do seu meio, ele fica circulando sozinho, não se preocupa com as moças e no entanto nunca vai perder o seu bom humor.

Meu oitavo filho é o filho da minha dor e na realidade não conheço nenhuma razão para que seja assim. Ele me olha com estranheza e no entanto eu me sinto ligado a ele de uma maneira paternalmente estreita. O tempo melhorou muita coisa, mas antigamente me acometia às vezes um tremor só de pensar nele. Trilha o próprio caminho, quebrou todos os laços comigo; e com o seu crânio duro, seu pequeno corpo atlético — quando menino teve apenas as pernas bem fracas, mas nesse meio tempo isso já pode ter se equilibrado — ele irá se impor em toda parte que quiser. Às vezes tive vontade de chamá-lo de volta para lhe perguntar como realmente iam as coisas, por que se isolava assim do pai e o que no fundo pretendia, mas agora ele está tão distante e tanto tempo já passou, que é melhor ficar como está. Ouvi dizer que é o único dos meus filhos que tem barba cheia; naturalmente isso não é bonito num homem tão pequeno.

Meu nono filho é muito elegante e tem o olhar doce destinado às mulheres. Tão doce que pode ocasionalmente seduzir até a mim, que sem dúvida sei que uma esponja molhada basta por si só para apagar esse brilho supraterreno. Mas o que há de particular nesse jovem é que ele não sai à cata de sedução; a ele bastaria ficar deitado a vida inteira no canapé e esbanjar o seu olhar no forro do teto, ou de preferência deixá-lo descansar sob as pálpebras. Se está nessa posição predileta, então ele gosta de falar e não fala mal; conciso e plástico, mas só dentro de estreitos limites; se os ultrapassa, o que não é possível evitar diante da estreiteza deles, sua fala se torna completamente oca. Seria possível acenar-lhe para que se abstivesse disso, se houvesse esperança de que esse olhar cheio de sono pudesse notá-lo. Meu décimo filho é considerado um caráter insincero. Não quero descartar completamente esse defeito nem confirmá-lo por completo. O certo é que quem o vê se aproximar, com a solenidade que ultrapassa de longe a sua idade, o fraque sempre fechado, o chapéu preto velho mas escrupulosamente escovado, o rosto imóvel, o queixo um pouco proeminente, as pálpebras que se arqueiam pesadas sobre os olhos, os dois dedos que às vezes leva à boca — quem o vê assim pensa: esse é um hipócrita sem fronteiras. Mas ouçam só ele falar! Razoável; ponderado; sucinto; cortando as questões com uma vivacidade maldosa; em espantosa, natural e alegre consonância com a totalidade do mundo, uma consonância que necessariamente enrijece o pescoço e faz a cabeça se levantar. Muitos que se pretendem bastante espertos e que por esse motivo, conforme disseram, se sentiram repelidos pelo seu aspecto externo, ele atraiu com força através da palavra. Existem contudo pessoas que o seu exterior deixa indiferentes, às quais porém sua palavra se apresenta como hipócrita. Eu, como pai, não quero decidir aqui, mas preciso admitir que os últimos são de qualquer forma mais dignos de consideração como árbitros do que os primeiros.

Meu décimo primeiro filho é delicado, sem dúvida o mais fraco dos meus filhos; mas engana com a sua fraqueza; pode em verdade ser por momentos enérgico e definido, mas seja como for, mesmo então, a fraqueza está de alguma maneira na base. Não é porém uma fraqueza vergonhosa, mas algo que só nesta nossa terra se manifesta como fraqueza. A disposição ao vôo, por exemplo, também não é uma fraqueza, uma vez que significa oscilação, indeterminação, flutuação? Meu filho mostra algo dessa natureza. É natural que tais qualidades não agradem ao pai; elas tendem abertamente à destruição da família. Às vezes ele me olha como se quisesse me dizer: "Vou levá-lo comigo, pai". Então eu penso: "Você seria o último a quem eu me confiaria". E seu olhar parece dizer de volta: "Que eu seja ao menos o último".

Esses são os onze filhos.

UM FRATRICÍDIO

Está provado que o homicídio ocorreu da seguinte maneira: Schmar, o assassino, postou-se por volta das nove horas da noite de luar claro na mesma esquina que Wese, a vítima, vindo da rua onde ficava o seu escritório, tinha de dobrar para entrar na rua em que morava. Ar noturno gelado, de fazer qualquer um tremer. Schmar porém vestia apenas uma roupa azul leve; além disso o paletó estava desabotoado. Não sentia frio, mantinha-se constantemente em movimento. A arma do crime, meio baioneta, meio faca de cozinha, ele empunhava firme, totalmente descoberta. Contemplou-a contra o luar; o fio da lâmina relampejou; para Schmar não era suficiente; brandiu-a de encontro às pedras do calçamento de tal modo que saltaram fagulhas; talvez tenha se arrependido; para reparar o dano passou-a como um arco de violino na sola da bota enquanto, em pé numa perna só, inclinado para a frente, permanecia ao mesmo tempo à escuta do som da faca na bota e à espreita da fatídica rua lateral.

Por que Pallas, um particular, observava tudo de perto da sua janela no segundo andar e tolerava tudo? Mas quem pode penetrar na natureza humana? Com a gola levantada, a cinta do roupão em volta do ventre amplo, balançando a cabeça, ele dirigia o olhar para baixo.

E cinco casas adiante, do lado oposto, em linha oblíqua, a senhora Wese, o abrigo de pele de raposa por cima da camisola, buscava com os olhos o marido que hoje tardava de maneira incomum.

Finalmente a sineta da porta do escritório de Wese soa, alto demais para uma sineta de porta, soa sobre a cidade em direção ao céu e Wese, o diligente trabalhador noturno, ainda invisível nessa rua, sai do prédio anunciado apenas pelo toque da sineta; logo em seguida o calçamento conta seus passos calmos.

Pallas inclina-se bem para fora; não pode perder nada. Tranqüilizada pela sineta a senhora Wese fecha a janela que retine. Mas Schmar se ajoelha; uma vez que no momento não tem outras partes do corpo descobertas, comprime o rosto e as mãos contra as pedras; onde tudo gela, Schmar incandesce.

Exatamente no limite que separa as ruas, Wese fica parado e se apóia só com a bengala na rua do outro lado. Um capricho. O céu noturno o atraiu — o azul-escuro e o dourado. Sem se dar conta disso ele olha para o alto, sem se dar conta disso ele alisa o cabelo sob o chapéu levantado; nada no céu se constela para indicar-lhe o futuro imediato; tudo permanece no seu lugar absurdo e inescrutável. A rigor é muito sensato que Wese continue andando, mas ele caminha para a faca de Schmar.

— Wese! — grita Schmar, na ponta dos pés, o braço estendido, a faca vivamente abaixada. — Wese! Júlia o espera em vão!

E Schmar golpeia à direita e à esquerda no pescoço e uma terceira vez fundo no ventre. Ratos d'água rasgados por uma lâmina emitem um som semelhante ao de Wese.

— Pronto — diz Schmar e atira a faca, o supérfluo lastro ensangüentado, em direção à próxima fachada.

— Oh, bem-aventurança do assassinato! Alívio, alada ascensão alimentada pelo escorrer do sangue do outro! Wese, velha sombra noturna, amigo, companheiro de cervejaria, o chão escuro da rua o absorve. Por que você não é apenas uma bexiga cheia de sangue para que eu pudesse me sentar em cima e você desaparecesse por completo? Não é tudo que se cumpre, nem todos os sonhos em flor amadureceram, jazem aqui os seus pesados restos já inacessíveis a qualquer pontapé. De que serve a muda pergunta que você assim coloca?

Pallas, sufocando todo o veneno que tem no corpo, está em pé na porta da sua casa, as duas folhas escancaradas.

— Schmar! Schmar! Vi tudo, não me escapou nada! Pallas e Schmar medem-se com o olhar. Pallas se satisfaz, Schmar não chega a uma conclusão.

A senhora Wese, com uma multidão de cada lado, vem correndo, o rosto totalmente envelhecido de susto. A pele se abre, ela se arroja sobre Wese, o corpo coberto pela camisola pertence a ele, a pele que se fecha sobre o casal como a relva de um túmulo pertence à multidão.

Schmar contém a custo a última náusea, a boca comprimida no ombro do guarda que o leva dali com passo ligeiro.

UM SONHO

Josef K. sonhou:

Era um belo dia e K. pretendia ir passear. Mal tinha dado dois passos, porém, já estava no cemitério. Havia ali caminhos muito artificiais, de uma sinuosidade pouco prática, mas ele deslizava sobre um desses caminhos como se fosse por cima de uma correnteza, numa postura inabalavelmente flutuante. Já de longe enxergou um túmulo recém-escavado ao lado do qual queria parar. Esse túmulo exercia sobre ele quase uma sedução e ele julgava não ser capaz de ir até lá com rapidez suficiente. Às vezes entretanto ele praticamente não via o túmulo, subtraído à sua visão por bandeiras cujos panos ondulavam e batiam com muita força uns nos outros; não se avistavam os porta-bandeiras, mas era como se lá reinasse grande júbilo.

Enquanto ainda dirigia o olhar para a distância, viu de repente no caminho o mesmo túmulo ao seu lado, na verdade já quase atrás. Saltou rápido sobre a relva. Uma vez que, sob o pé que saltava, o caminho seguia o seu curso desabalado, ele vacilou e caiu de joelhos justamente diante do túmulo. Atrás deste estavam dois homens levantando no espaço entre ambos uma lápide; nem bem K. havia aparecido, eles atiraram a pedra na terra e ela ficou ali como que cimentada. Imediatamente surgiu de um arbusto um terceiro homem, que K. reconheceu logo como um artista. Ele vestia apenas calças e uma camisa mal abotoada; tinha um gorro de veludo na cabeça e na mão um lápis comum com o qual, já ao se aproximar, descrevia figuras no ar.

Com esse lápis ele iniciou então o seu trabalho na parte de cima da pedra; esta era muito alta, ele não precisava de modo algum vergar o corpo, mas teve de se inclinar para a frente, pois o túmulo, no qual ele não queria pisar, o separava da pedra. Ficou portanto na ponta dos pés e se apoiou com a mão esquerda na superfície da lápide. Por meio de uma manipulação particularmente habilidosa ele conseguiu, com o lápis comum, obter letras de ouro; escreveu: "Aqui jaz ____".

Cada uma das letras apareceu limpa e bonita, talhada fundo e toda em ouro. Quando tinha escrito as duas palavras, olhou para K., que estava atrás; muito ansioso pelo prosseguimento da inscrição, K. mal se importou com o homem, fitando somente a pedra. De fato o homem começou a escrever de novo, mas não pôde, havia algum bloqueio, deixou baixar o lápis e se voltou outra vez para K. Agora K. também olhava para o homem e notou que ele estava muito embaraçado, mas não soube dizer a causa. Toda a vivacidade anterior dele havia desaparecido, K. também ficou embaraçado com isso; trocaram olhares desamparados; existia um feio mal-entendido que nenhum deles podia desfazer. Fora de hora, um pequeno sino da capela mortuária começou a soar, mas o artista agitou a mão erguida e ele parou. Um pouco depois recomeçou, dessa vez bem baixinho, interrompendo-se logo em seguida sem nenhuma exortação especial: era como se apenas quisesse testar o seu som. K. estava inconsolável com a situação do artista, começou a chorar e por longo tempo soluçou na concha das mãos. O artista esperou até K. se acalmar e depois — já que não tinha outra saída — resolveu continuar escrevendo. O primeiro pequeno traço que fez foi para K. uma libertação, mas era evidente que o artista só foi capaz de produzi-lo com extrema relutância; a escrita também não era mais tão bonita, parecia sobretudo que faltava ouro, o traço se estendia pálido e inseguro e a letra ficou muito grande. Era um J, já estava quase terminado quando o artista bateu furioso com um pé no túmulo, de tal modo que a terra em torno voou para o alto. Finalmente K. o compreendeu; não havia mais tempo para lhe pedir desculpas; cavou com todos os dedos a terra que quase não oferecia resistência; tudo parecia preparado; só para salvar as aparências tinha sido disposta uma fina crosta de terra; logo embaixo dela se abria um grande buraco de paredes íngremes, no qual K. mergulhou virado de costas por uma suave corrente. Mas enquanto lá embaixo ele era acolhido pela profundeza impenetrável, a cabeça ainda erguida sobre a nuca, lá em cima o seu nome disparava sobre a pedra com possantes ornatos.

Encantado com a visão, ele despertou.

UM RELATÓRIO PARA
UMA ACADEMIA

Eminentes senhores da Academia:
Conferem-me a honra de me convidar a oferecer à
Academia um relatório sobre a minha pregressa vida
de macaco. Não posso infelizmente corresponder ao convite
nesse sentido. Quase cinco anos me separam da con-
dição de símio; espaço de tempo que medido pelo ca-
lendário talvez seja breve, mas que é infindavelmente
longo para atravessar a galope como eu o fiz, acompanhado em alguns trechos por pessoas excelentes,
conselhos, aplauso e música orquestral, mas no fundo
sozinho, pois, para insistir na imagem, todo acompa-
nhamento se mantinha bem recuado diante da barrei-
ra. Essa realização teria sido impossível se eu tivesse
querido me apegar com teimosia à minha origem e às
lembranças de juventude. Justamente a renúncia a qualquer obstinação era o supremo mandamento que eu
me havia imposto; eu, macaco livre, me submeti a esse
jugo. Com isso porém as recordações, por seu turno,
se fecharam cada vez mais para mim. O retorno, caso
os homens o tivessem desejado, estava de início libe-

59

rado através do portal inteiro que o céu forma sobre a terra, mas ele foi se tornando simultaneamente mais baixo e mais estreito com a minha evolução, empurrada para a frente a chicote; sentia-me melhor e mais incluído no mundo dos homens; a tormenta cujo sopro me carregava do passado amainou; hoje é apenas uma corrente de ar que me esfria os calcanhares; e o buraco na distância, através do qual ela vem e através do qual eu outrora vim, ficou tão pequeno que eu me esfolaria no ato de atravessá-lo, mesmo que as forças e a vontade bastassem para que retrocedesse até lá. Falando francamente — por mais que eu goste de escolher imagens para estas coisas —, falando francamente, sua origem de macaco, meus senhores, até onde tenham atrás de si algo dessa natureza, não pode estar tão distante dos senhores como a minha está distante de mim. Mas ela faz cócegas no calcanhar de qualquer um que caminhe sobre a terra — do pequeno chimpanzé ao grande Aquiles.

No sentido mais restrito, entretanto, posso talvez responder à indagação dos senhores e o faço até com grande alegria. A primeira coisa que aprendi foi dar um aperto de mão; o aperto de mão é testemunho de franqueza; possa eu hoje, quando estou no auge da minha carreira, acrescentar àquele primeiro aperto de mão a palavra franca. Não ensinará nada essencialmente novo à Academia e ficará muito aquém do que se exigiu de mim e daquilo que, mesmo com a maior boa vontade, eu não posso dizer — ainda assim deve mostrar a linha de orientação pela qual um ex-macaco entrou no mundo dos homens e aí se estabeleceu. Mas sem dúvida não poderia dizer nem a insignificância que se segue, se não estivesse plenamente seguro de mim e se o meu lugar em todos os grandes teatros de variedades do mundo civilizado não tivesse se firmado a ponto de se tornar inabalável.

Sou natural da Costa do Ouro. Sobre como fui capturado, tenho de me valer de relatos de terceiros. Uma expedição de caça da firma Hagenbeck — aliás, com o chefe dela esvaziei desde então algumas boas garrafas de vinho tinto — estava de tocaia nos arbustos da margem, quando ao anoitecer, eu, no meio de um bando, fui beber água. Atiraram; fui o único atingido; levei dois tiros. Um na maçã do rosto: esse foi leve, mas deixou uma cicatriz vermelha de pêlos raspados, que me valeu o apelido repelente de Pedro Vermelho, absolutamente descabido e que só podia ter sido inventado por um macaco, como se eu me diferenciasse do macaco amestrado Pedro — morto não faz muito tempo e conhecido em um ou outro lugar — somente pela mancha vermelha na maçã da cara. Mas digo isso apenas de passagem.

O segundo tiro me acertou embaixo da anca. Foi grave e a ele se deve o fato de ainda hoje eu mancar um pouco. Li recentemente, num artigo de algum dos dez mil cabeças-de-vento que se manifestam sobre mim nos jornais, que minha natureza de símio ainda não está totalmente reprimida; a prova disso é que, quando chegam visitas, eu tenho predileção em despir as calças para mostrar o lugar onde aquele tiro entrou. Deviam arrancar um a um os dedinhos da mão do sujeito que escreveu isso. Eu — eu posso despir as cal-

61

ças a quem me apraz; não se encontrará lá nada senão uma pelúcia bem tratada e a cicatriz de um — escolhamos aqui, para um objetivo definido, uma palavra definida, mas que não deve ser mal entendida — a cicatriz de um tiro delinqüente. Está tudo exposto à luz do dia, não há nada a esconder; quando se trata da verdade, qualquer um de espírito largo joga fora as mais finas maneiras. Se, ao contrário, aquele escrevinhador despisse as calças diante da visita que chega, isso sem dúvida teria um outro aspecto e quero considerar como sinal de juízo se ele não o fizer. Mas então que me deixe em paz com os seus sentimentos delicados!

Depois daqueles tiros eu acordei — e aqui, aos poucos, começa a minha própria lembrança — numa jaula na coberta do navio a vapor da firma Hagenbeck. Não era uma jaula gradeada de quatro lados; eram apenas três paredes pregadas num caixote, que formava portanto a quarta parede. O conjunto era baixo demais para que eu me levantasse e estreito demais para que eu me sentasse. Por isso fiquei agachado, com os joelhos dobrados que tremiam sem parar, na verdade voltado para o caixote, uma vez que a princípio eu provavelmente não queria ver ninguém e desejava estar sempre no escuro, enquanto por trás as grades da jaula me penetravam na carne. Consideram vantajoso esse tipo de confinamento de animais selvagens nos primeiros tempos e hoje, pela minha experiência, não posso negar que seja assim do ponto de vista humano.

Mas então eu não pensava isso. Pela primeira vez na vida estava sem saída; ao menos em linha reta ela não existia; em linha reta diante de mim estava o caixote, cada tábua firmemente ajustada à outra. É verdade que por entre as tábuas havia uma fresta que ia de lado a lado e, quando a descobri, saudei-a com o uivo bem-aventurado do animal irracional, mas nem de longe essa fresta bastava para deixar o rabo passar e mesmo com toda a força de um macaco ela não podia ser alargada.

Conforme me disseram mais tarde, devo ter feito muito pouco barulho, donde se concluiu que ou iria perecer logo ou que, caso conseguisse sobreviver aos primeiros tempos críticos, ficaria bastante apto a me amestrar. Sobrevivi a esses tempos. Surdos soluços, dolorosa caça às pulgas, fatigado lamber de um coco, batidas de crânio na parede do caixote e mostrar a língua quando alguém se aproximava — foram essas as primeiras ocupações da minha nova vida. Em tudo porém apenas um sentimento: nenhuma saída. Naturalmente só posso retraçar com palavras humanas o que então era sentido à maneira de macaco e em conseqüência disso cometo distorções; mas embora não possa mais alcançar a velha verdade do símio, pelo menos no sentido da minha descrição ela existe — quanto a isso não há dúvida.

Até então eu tivera tantas vias de saída e agora nenhuma! Estava encalhado. Tivessem me pregado, minha liberdade não teria ficado menor. Por que isso? Escalavre a carne entre os dedos do pé que não vai achar o motivo. Comprima as costas contra a barra da jaula até que ela o parta em dois que não vai achar o motivo. Eu não tinha saída mas precisava arranjar uma, pois sem ela não podia viver. Caso permanecesse sempre

63

colado à parede daquele caixote teria esticado as canelas sem remissão. Mas na firma Hagenbeck o lugar dos macacos é de encontro à parede do caixote — pois bem, por isso deixei de ser macaco. Um raciocínio claro e belo que de algum modo eu devo ter chocado com a barriga, pois os macacos pensam com a barriga.

Tenho medo de que não compreendam direito o que entendo por saída. Emprego a palavra no seu sentido mais comum e pleno. É intencionalmente que não digo liberdade. Não me refiro a esse grande sentimento de liberdade por todos os lados. Como macaco talvez eu o conhecesse e travei conhecimento com pessoas que têm essa aspiração. Mas no que me diz respeito, eu não exigia liberdade nem naquela época nem hoje. Dito de passagem: é muito freqüente que os homens se ludibriem entre si com a liberdade. E assim como a liberdade figura entre os sentimentos mais sublimes, também o ludíbrio correspondente figura entre os mais elevados. Muitas vezes vi nos teatros de variedades, antes da minha entrada em cena, um ou outro par de artistas às voltas com os trapézios lá do alto junto ao teto. Eles se arrojavam, balançavam, saltavam, voavam um para os braços do outro, um carregava o outro pelos cabelos presos nos dentes. "Isso também é liberdade humana", eu pensava, "movimento soberano." Ó derrisão da sagrada natureza! Nenhuma construção ficaria em pé diante da gargalhada dos macacos à vista disso.

Não, liberdade eu não queria. Apenas uma saída; à direita, à esquerda, para onde quer que fosse; eu não fazia outras exigências; a saída podia também ser apenas um engano; a exigência era pequena, o engano não seria maior. Ir em frente, ir em frente! Só não ficar parado com os braços levantados, comprimido contra a parede de um caixote.

Hoje vejo claro: sem a máxima tranqüilidade interior eu nunca poderia ter escapado. E de fato talvez deva tudo o que me tornei à tranqüilidade que me sobreveio depois dos primeiros dias lá no navio. Mas a tranqüilidade, por sua vez, eu a devo sem dúvida às pessoas do navio.

São homens bons, apesar de tudo. Ainda hoje gosto de me lembrar do som dos seus passos pesados que então ressoavam na minha sonolência. Tinham o hábito de agarrar tudo com extrema lentidão. Se algum queria coçar os olhos, erguia a mão como se ela fosse um prumo de chumbo. Suas brincadeiras eram grosseiras mas calorosas. Seu riso estava sempre misturado a uma tosse que soava perigosa mas não significava nada. Tinham sempre na boca alguma coisa para cuspir e para eles era indiferente onde cuspiam. Queixavam-se sempre de que minhas pulgas pulavam em cima deles, mas nunca ficaram seriamente zangados comigo por isso; sabiam muito bem que nos meus pêlos as pulgas prosperam e que as pulgas são saltadoras; conformavam-se com isso. Quando estavam de folga, alguns sentavam-se em semicírculo à minha volta; quase não falavam, mas arrulhavam uns para os outros; fumavam os cachimbos esticados sobre os caixotes; davam tapas nos joelhos assim que eu fazia o menor movimento e de vez em quando um deles pegava um pau e me fazia cócegas onde me era agradável. Se hoje eu fosse convidado a fazer uma viagem nesse navio certamente recusaria o convite, mas é igualmente certo que lá na coberta da embarcação eu não me entregaria apenas a más recordações.

A tranqüilidade que conquistei no círculo dessas pessoas foi o que acima de tudo me impediu de qualquer tentativa de fuga. Da perspectiva de hoje me parece que eu teria no mínimo pressentido que precisava achar uma saída caso quisesse viver, mas que essa saída não devia ser alcançada pela fuga. Não sei mais se a fuga era possível, porém acredito nisso; a um macaco a fuga deveria ser sempre possível. Com os dentes que tenho hoje preciso ser cauteloso até no ato habitual de quebrar nozes, mas naquela época decerto eu teria conseguido, com o correr do tempo, partir nos dentes a fechadura. Não o fiz. O que teria sido ganho com isso? Teriam me prendido de novo, mal a cabeça estivesse de fora, e trancafiado numa jaula pior ainda; ou então poderia ter fugido sem ser notado até o lado oposto, onde estavam os outros animais, quem sabe até às cobras gigantescas, e exalado o último suspiro nos seus abraços; ou então conseguido escapar para o convés e saltado pela amurada: aí teria balançado um pouquinho sobre o oceano e me afogado. Atos de desespero. Não fazia cálculos tão humanos, mas sob a influência do ambiente comportei-me como se os tivesse feito.

Não fazia cálculos mas sem dúvida observava com toda a calma. Via aqueles homens andando de cima para baixo, sempre os mesmos rostos, os mesmos movimentos, muitas vezes me parecendo que eram apenas um. Aquele homem ou homens andavam pois sem impedimentos. Um alto objetivo começou a clarear na minha mente. Ninguém me prometeu que se eu me tornasse como eles a grade seria levantada. Não se fazem promessas como essa para realizações aparentemente impossíveis. Mas se as realizações são cumpridas, também as promessas aparecem em seguida, exatamente no ponto em que tinham sido inutilmente buscadas. Ora, naqueles homens não havia nada em si mesmo que me atraísse. Se eu fosse um adepto da já referida liberdade, teria com certeza preferido o oceano a essa saída que se me mostrava no turvo olhar daqueles homens. Seja como for, porém, eu os observava desde muito tempo antes que viesse a cogitar nessas coisas — sim, foram as observações acumuladas as que primeiro me impeliram numa direção definida.

Era tão fácil imitar as pessoas! Nos primeiros dias eu já sabia cuspir. Cuspimos então um na cara do outro; a única diferença era que depois eu lambia a minha e eles não lambiam a sua. O cachimbo eu logo fumei como um velho; se depois eu ainda comprimia o polegar no fornilho, a coberta inteira do navio se rejubilava; só não entendi durante muito tempo a diferença entre o cachimbo vazio e o cachimbo cheio.

O que me custou mais esforço foi a garrafa de aguardente. O cheiro me atormentava; eu me forçava com todas as energias, mas passaram-se semanas antes que eu me dominasse. Curiosamente as pessoas levaram essas lutas interiores mais a sério do que qualquer outra coisa em mim. Não distingo as pessoas nem na minha lembrança, mas havia um que sempre voltava, sozinho ou com os camaradas, de dia, de noite, nas horas mais diferentes; colocava-se diante de mim com a garrafa e me dava aula. Ele não me compreendia, queria solucionar o enigma do meu ser. Desarrolhava devagar a garrafa e em seguida me fitava para verificar se eu havia entendido; concedo que sempre olhei para ele com uma atenção selvagem e atropelada; nenhum mestre de homem encontra em toda a volta da Terra um aprendiz de homem assim; depois que a garrafa estava desarrolhada, ele a erguia até a boca; eu a sigo com o olhar até a garganta; ele acena com a cabeça, satisfeito comigo, e coloca a garrafa nos lábios; encantado com o conhecimento gradativo, eu me coço aos guinchos de alto a baixo e de lado a lado, onde cabe coçar; ele se alegra, leva a garrafa à boca e bebe um trago; impaciente e desesperado para imitá-lo eu me sujo na jaula, o que por seu turno lhe causa grande satisfação; distanciando então a garrafa e num arremesso alçando-a outra vez, ele a esvazia de um só trago, inclinado para trás numa atitude de exagero didático. Exausto com tamanha exigência não posso mais acompanhá-lo e fico pendurado frágil na grade enquanto ele encerra a aula teórica alisando a barriga e arreganhando os dentes num sorriso.

Só agora começo o exercício prático. Já não estava esgotado demais pela aula teórica? Certamente: esgotado demais. Faz parte do meu destino. Apesar disso estendo a mão o melhor que posso para pegar a garrafa que me é oferecida; desarrolho-a trêmulo; com esse sucesso se apresentam aos poucos novas forças; ergo a garrafa — quase não há diferença do modelo original; levo-a aos lábios e — com asco, com asco, embora ela esteja vazia e apenas o cheiro a encha, atiro-a com asco ao chão. Para tristeza do meu professor, para tristeza maior de mim mesmo; nem com ele nem comigo mesmo eu me reconcilio por não ter esquecido — após jogar fora a garrafa — de passar a mão com perfeição na minha barriga e de arreganhar os dentes num sorriso.

Com demasiada freqüência a aula transcorria assim. E para honra do meu professor ele não ficava bravo comigo; é certo que às vezes ele segurava o cachimbo aceso junto à minha pele até começar a pegar fogo em algum ponto que eu não alcançava, mas ele mesmo o apagava depois com a sua mão boa e gigantesca; não estava bravo comigo, percebia que lutávamos do mesmo lado contra a natureza do macaco e que a parte mais pesada ficava comigo.

De qualquer modo, que vitória foi tanto para ele como para mim quando então uma noite, diante de um círculo grande de espectadores — talvez fosse uma festa, tocava uma vitrola, um oficial passeava entre as pessoas —, quando nessa noite, sem ser observado, eu agarrei uma garrafa de aguardente deixada por distração diante da minha jaula, desarrolhei-a segundo as regras, sob a atenção crescente das pessoas, levei-a aos lábios e sem hesitar, sem contrair a boca, como um bebedor de cátedra, com os olhos virados, a goela transbordando, eu a esvaziei de fato e de verdade; joguei fora a garrafa não mais como um desesperado, mas como um artista; na realidade esqueci de passar a mão na barriga, mas em compensação — porque não podia fazer outra coisa, porque era impelido para isso, porque os meus sentidos rodavam — eu bradei sem mais "alô!", prorrompi num som humano, saltei com esse brado dentro da comunidade humana e senti, como um beijo em todo o meu corpo que pingava de suor, o eco — "Ouçam, ele fala!".

Repito: não me atraía imitar os homens; eu imitava porque procurava uma saída, por nenhum outro motivo. Com essa vitória também não se tinha feito muita coisa. A voz voltou a me falhar imediatamente; só apareceu meses depois; a aversão à garrafa veio ainda mais fortalecida. Mas fosse como fosse a direção a seguir havia sido dada de uma vez por todas.

Quando em Hamburgo fui entregue ao primeiro amestrador, reconheci logo as duas possibilidades que me estavam abertas: jardim zoológico ou teatro de variedades. Não hesitei. Disse a mim mesmo: empregue toda a energia para ir ao teatro de variedades; essa é a saída; o jardim zoológico é apenas uma nova jaula; se você for para ele, está perdido.

E eu aprendi, senhores. Ah, aprende-se o que é preciso que se aprenda; aprende-se quando se quer uma saída; aprende-se a qualquer custo. Fiscaliza-se a si mesmo com o chicote; à menor resistência flagela-se a própria carne. A natureza do macaco escapou de mim frenética, dando cambalhotas, de tal modo que com isso meu primeiro professor quase se tornou ele próprio um símio, teve de renunciar às aulas e precisou ser internado num sanatório. Felizmente saiu logo de lá.

Mas eu consumi muitos professores, alguns até ao

mesmo tempo. Quando já havia me tornado mais seguro das minhas aptidões e o público acompanhava meus progressos, começou a luzir o meu futuro: contratei pessoalmente os professores, mandei-os sentar em cinco aposentos enfileirados e aprendi com todos eles, simultaneamente, à medida que saltava de modo ininterrupto de um aposento a outro.

Esses meus progressos! Essa penetração por todos os lados dos raios do saber no cérebro que despertava! Não nego: faziam-me feliz. Mas também admito: já então não os superestimava, muito menos hoje. Através de um esforço que até agora não se repetiu sobre a terra, cheguei à formação média de um europeu. Em si mesmo talvez isso não fosse nada, mas é alguma coisa, uma vez que me ajudou a sair da jaula e me propiciou essa saída especial, essa saída humana. Existe uma excelente expressão idiomática alemã: *sich in die Büsche schlagen* [desaparecer misteriosamente, cair fora]; foi o que fiz, caí fora. Eu não tinha outro caminho, sempre supondo que não era possível escolher a liberdade.

Se abranjo com o olhar minha evolução e sua meta até agora, nem me queixo nem me vejo satisfeito. As mãos nos bolsos das calças, a garrafa de vinho em cima da mesa, estou metade deitado, metade sentado na cadeira de balanço e olho pela janela. Se vem uma visita, eu a recebo como convém. Meu empresário está sentado na ante-sala; se toco a campainha ele vem e ouve o que tenho a dizer; à noite quase sempre há representação e tenho sucessos com certeza difíceis de superar. Se chego em casa tarde da noite, vindo de banquetes, sociedades científicas, reuniões agradáveis, es-

71

tá me esperando uma pequena chimpanzé semi-amestrada e eu me permito passar bem com ela à maneira dos macacos. Durante o dia não quero vê-la; pois ela tem no olhar a loucura do perturbado animal amestrado; isso só eu reconheço e não consigo suportá-lo.

Seja como for, no conjunto eu alcanço o que queria alcançar. Não se diga que o esforço não valeu a pena. No mais não quero nenhum julgamento dos homens, quero apenas difundir conhecimentos; faço tão-somente um relatório; também aos senhores, eminentes membros da Academia, só apresentei um relatório.

POSFÁCIO

CATORZE CONTOS EXEMPLARES

Modesto Carone

No outono de 1916 Franz Kafka começou a passar as horas de folga numa minúscula casa da rua dos Alquimistas, em Praga, que tinha sido alugada e mobiliada com móveis de junco por sua irmã predileta, Ottla. O objetivo era ter um lugar para escrever que ficasse apartado da repartição onde trabalhava e do clima tenso da casa paterna.

Consta que na Idade Média alquimistas habitaram aquelas casinhas de contos-de-fada, empenhados numa luta de vida ou morte para transformar chumbo em ouro; quando desesperavam do êxito dessas tentativas, eles se atiravam num precipício que se abria estrategicamente diante da porta dos fundos.

No período que vai de novembro de 1916 a abril de 1917, o escritor esteve ali às voltas com a lenta elaboração das "pequenas narrativas" (a designação é sua e serve de subtítulo ao livro) que compõem *Um médico rural*. As únicas exceções foram "Um sonho" e "Diante da lei", pertencentes ao ciclo do romance *O processo* e escritos em dezembro de 1914; também fazia parte do projeto inicial o misterioso "Cavaleiro do balde", que Kafka resolveu retirar por razões desconhecidas. É sabido que em agosto de 1917 ele sofreu a primeira hemoptise da tuberculose que iria selar sua morte em julho de 1924; mas àquela altura a obra já estava amarrada e pronta para publicação.

O editor Kurt Wolff, que entrou para a história da cultura alemã entre outras coisas por ter reconhecido logo a originalidade do ficcionista tcheco, enviou-lhe em julho de 1917 uma carta propondo a impressão dos trabalhos mais recentes (havia editado em 1913 *O foguista* e em 1917 *A metamorfose*), dos quais tinha ouvido falar através de Max Brod. Ao contrário do que costumava fazer, o arisco artista anuiu sem hesitação, pois estava confiante nos novos textos, que por sinal ainda naquele ano passaram pelo crivo exigente de Martin Buber: este, depois de ler doze das catorze peças, escolheu duas — "Chacais e árabes" e "Um relatório para uma Academia" — para divulgar no prestigioso mensário *Der Jude*, o que aconteceu no mês de outubro.

O vaivém que acompanhou a edição de *Um médico rural* comprova os cuidados que Kafka dispensava à divulgação dos seus escritos. Até abril de 1917, por exemplo, o título do livro era *Responsabilidade*, conforme afirmou em carta a Martin Buber; o batismo definitivo só viria em agosto daquele ano — a partir de uma seqüência dos textos que ele considerava indispensável à inteligência da obra. Embora Wolff tenha achado as histórias de *Um médico rural* "excepcionalmente belas e maduras" e quisesse investir no aproveitamento editorial delas, Kafka não permitiu que ele as tomasse por parábolas e alegorias. Logo em julho de 1917 insistiu em que figurassem no volume trabalhos antigos, como "Diante da lei" e "Um sonho", mas só tomou a decisão de suprimir "O cavaleiro do balde" em fins de 1918, quando as provas já estavam prontas. É curioso também que tenha exigido a inclusão de uma página de dedicatória com a inscrição: "A meu Pai". A esse respeito um especialista opina que a dedicatória deve ser entendida como ironia (há mais de um tirano entre as personagens de *Um médico rural*), mas o fato é que, em carta a Max Brod datada de março de 1918, o autor diz o seguinte: "Desde que decidi dedicar o livro ao meu pai, estou muito interessado em que saia logo. Não que com isso eu pudesse me reconciliar com ele — as raízes dessa inimizade não são extirpáveis; mas eu teria feito alguma coisa — digamos que, mesmo não emigrando para a Palestina, eu tivesse passado o dedo pelo mapa". É provável que o gesto de consideração se relacionasse com o diagnóstico de tuberculose do filho feito em setembro de 1917 e de que o pai só tomou conhecimento em fins de novembro. Mas ele também documenta o fato de Franz já ter se desligado do patriarca e firmado uma posição de "autonomia no ato de escrever", conforme afirma a *Carta ao pai*. Isso naturalmente não iria evitar que o velho Hermann insistisse em receber cada publicação do escritor com o famoso imperativo "Ponha em cima do criado-mudo!" enquanto jogava baralho na sala, fumando um charuto.

A garantia do editor Wolff no sentido de que seriam respeitados os desejos do autor quanto à seqüência das peças, ao subtítulo e à dedicatória, parece a princípio não ter sido mantida, pois no outono de 1918 surgiram mal-entendidos e dificuldades em relação a todos esses itens — sem falar da demora excessiva, que levou Kafka a pensar em outra editora. Os problemas porém foram sendo solucionados pacientemente pelo escritor e depois de uma revisão final satisfatória o livro acabou aparecendo na Alemanha no início de 1920, embora na página de rosto da edição *princeps* conste o ano de 1919.

Um médico rural não é uma simples coletânea, mas um livro rigoroso do ponto de vista da organização temática. Vem emoldurado por duas narrativas ("O novo advogado" e "Um relatório para uma Academia") em que são os animais que se transformam em homens, no peculiar estilo de inversão da fábula praticado por Kafka. A brevidade da primeira serve tanto à iniciativa de relacionar tempos históricos discrepantes pelo curto-circuito poético, quanto à necessidade de proporcionar uma abertura lacônica ao conjunto que culmina no texto mais longo do livro, veiculado na clave da sátira. Os dois contos que antecedem o final — "Um fratricídio" e "Um sonho" — estão atados pelo motivo comum da morte das personagens, mas na evolução do volume "Um fratricídio" vem antes de "Um sonho" porque o título do primeiro estabelece uma relação de parentesco com "Onze filhos", que precede o segundo; esta última história, mediada pela figura do pai, também conversa, já na base da crueldade, com o conto precedente, "A preocupação do pai de família". Voltando ao começo, é perceptível que "Um médico rural" se associa com "O novo advogado" através de Bucéfalo, uma vez que as duas narrativas lidam com cavalos, cavaleiros e cavalgadas (o que certamente dava sentido à inclusão inicial do "Cavaleiro do balde"). O texto seguinte, "Na galeria", emenda, através do motivo da amazona, com "Um médico rural" e, por tabela, com "O novo advogado" — sem esquecer, é claro, do excluído "Cavaleiro do balde". Mas a excepcional cena de circo, que lembra o célebre quadro de Seurat, se destaca das duas peças que a sucedem — "Uma folha antiga" e "Diante da lei" —, já que nestas o poeta trabalha com tradições herdadas dos velhos tempos, as quais por seu lado podem ter relação com "O novo advogado", sobretudo "Diante da lei", onde também se abre (ou se fecha) uma porta para o inatingível. Na seqüência, "Chacais e árabes" mantém laços com "Uma visita à mina" — que aparece depois — justamente através do tema da visita, pois tanto o narrador em primeira pessoa que está no deserto quanto o que se acha sob a terra vivem num isolamento comparável, que remete não só à curtíssima "A próxima aldeia", como também à enigmática "Uma mensagem imperial", pertencente ao ciclo de desolação da "Muralha da China"; os dois últimos relatos, por sua vez, estão irmanados pelo *Leitmotiv* kafkiano da vida que passa e da viagem vital que nunca alcança o fim — além do que (para ficar por aqui) a imagem recorrente da escada impregna em graus diferentes "Uma mensagem imperial" e "A preocupação do pai de família", contíguas no corpo da obra.

Essa rede temática é sustentada pelo uso diferenciado dos gêneros — que podem passar com facilidade da narração sibilina à paródia do ensaio pedagógico —, mas depende também dos recursos mais maleáveis da linguagem. Nessa direção, é surpreendente ver como ela consegue afinar sem erro os timbres específicos do relato seriado, da construção dramática, do épico em miniatura, do realismo *tout court*, do caso insólito ou do lirismo sob controle. A riqueza dos registros chega a parecer paradoxal, uma vez que o padrão estabelecido na base continua o mesmo, ou seja, aquele *Papierdeutsch* simulado que alimenta a prosa protocolar do escritor. Vistas por esse ângulo, as constatações de que a ficção kafkiana é monótona perdem a eficácia, na medida em que podem ser ao mesmo tempo abonadas e desmentidas pelo texto — o que aliás não fica mal no caso de Kafka. Seja como for, porém, uma composição tão sinuosa (sobretudo quando ela adota a forma da narrativa curta) é um desafio para quem lê, comenta ou traduz — e nesse sentido basta citar o exemplo de *Na galeria*, verdadeiro poema em prosa composto por dois períodos e duas codas dialeticamente articulados, em que os dados da realidade nua e crua do primeiro são apresentados como hipótese, ao passo que a versão distorcida e cor-de-rosa do segundo vem marcada pelas certezas do indicativo. Nada disso no entanto é estranho, principalmente para quem disse, um dia, que no mundo "há muita esperança, mas não para nós".

O original utilizado nesta tradução encontra-se no volume *Sämtliche Erzählungen*, organizado por Paul Raabe e publicado pela editora S. Fischer de Frankfurt a partir de 1970 e em *Die Erzählungen/Originelfassung*, que já é de 1996; as notas do posfácio valeram-se das informações contidas em *Kafka-Kommentar zu sämtlichen Erzählugen* (Winkler, Munique, 1982), de Hartmut Binder, cujo *Kafka-Handbuch* (Kröner, Stuttgart, 1979, 2 vols.) foi ponto de referência importante para a resolução de questões filológicas.

SOBRE O AUTOR

Franz Kafka nasceu em 3 de julho de 1883 na cidade de Praga, Boêmia (hoje República Tcheca), então pertencente ao Império Austro-Húngaro. Era o filho mais velho de Hermann Kafka, comerciante judeu, e de sua esposa Julie, nascida Löwy. Fez os seus estudos naquela capital, primeiro no ginásio alemão, mais tarde na velha universidade, onde se formou em direito em 1906. Trabalhou como advogado, a princípio na companhia particular Assicurazioni Generali e depois no semi-estatal Instituto de Seguros contra Acidentes do Trabalho. Duas vezes noivo da mesma mulher, Felice Bauer, não se casou — nem com ela, nem com outras mulheres que marcaram a sua vida, como Milena Jesenská, Julie Wohryzek e Dora Diamant. Em 1917, aos 34 anos de idade, sofreu a primeira hemoptise de uma tuberculose que iria matá-lo sete anos mais tarde. Alternando temporadas em sanatórios com o trabalho burocrático, nunca deixou de escrever ("Tudo o que não é literatura me aborrece"), embora tenha publicado pouco e, já no fim da vida, pedido ao amigo Max Brod que queimasse os seus escritos — no que evidentemente não foi atendido. Viveu praticamente a vida inteira em Praga, exceção feita ao período final (novembro de 1923 a março de 1924), passado em Berlim, onde ficou longe da presença esmagadora do pai, que não reconhecia a legitimidade da sua carreira de escritor. A maior parte de sua obra — contos, novelas, romances, cartas e diários, todos escritos em alemão — foi publicada postumamente. Falecido no sanatório de Kierling, perto de Viena, Áustria, no dia 3 de junho de 1924, um mês antes de completar 41 anos de idade, Franz Kafka está enterrado no cemitério judaico de Praga. Quase desconhecido em vida, o autor de *O processo*, *O castelo*, *A metamorfose* e outras obras-primas da prosa universal, é considerado hoje — ao lado de Proust e Joyce — um dos maiores escritores do século.

M. C.

SOBRE O TRADUTOR

Modesto Carone é escritor, ensaísta e professor de literatura, tendo lecionado nas universidades de Viena, São Paulo e Campinas. Suas traduções de Kafka, a partir do original alemão, foram iniciadas em 1983 e já cobrem dez títulos: *Um artista da fome*, *A construção*, *A metamorfose*, *O veredicto*, *Na colônia penal*, *Carta ao pai*, *O processo* (Prêmio Jabuti de Tradução de 1989), *Um médico rural*, *Contemplação* e *O foguista*. Devem seguir-se *O castelo*, *Narrativas do espólio* e *O desaparecido*, que completam a obra de ficção do escritor tcheco.

1ª EDIÇÃO [1999] 8 reimpressões

ESTA OBRA FOI COMPOSTA PELO GRUPO DE CRIAÇÃO EM GARAMOND E
IMPRESSA PELA GRÁFICA PAYM EM OFSETE SOBRE PAPEL PÓLEN BOLD
DA SUZANO S.A. PARA A EDITORA SCHWARCZ EM JULHO DE 2021